AF331608

ARRESTÉ
DU PARLEMENT
DE PARIS,
ET REMONTRANCES
AU ROY,

Au fujet des Evocations au Confeil ; de la Déclaration du 24. Mars 1730. De la Lettre de
l'Affemblée du Clergé à Sa Majefté, & de la
Harangue de Monfieur de Nîmes, avec la Réponfe faite au nom du Roy aufdites Remontrances, & l'Arrêté du Parlement au fujet de
la Réponfe.

M. DCC.XXXI.

ARREST
DU PARLEMENT
DE PARIS,
ET REMONTRANCES
AU ROY.

Au sujet des Évocations au Conseil, de la Déclaration du 24. Mars 1730. De la Lettre de l'Assemblée du Clergé à Sa Majesté, & de la Harangue de M... ... au dernier Mai..., avec la Réponse faite au nom du Roy auditus Répugnances, & l'Arrêté du Parlement au sujet de la Réponse.

M. DCC XXXI.

ARRESTÉ

DU SAMEDI MATIN

Seize Decembre mil sept cens trente.

MESSIRE ANTOINE PORTAIL, Chevalier, Président.

Ce jour Monsieur le Premier Président a dit à la Cour que plusieurs de Messieurs lui ayant fait part de leurs réflexions sur les inconvéniens qui suivent les Evocations d'affaires de toute nature, qui se multiplioient tous les jours, il avoit crû ne devoir pas différer plus long-tems d'en rendre compte à la Compagnie pour qu'elle pût examiner ce qui seroit convenable de faire en la circonstance présente. Sur quoi la matiere mise en déliberation a été arrêtée, qu'il sera fait au Roy de très-humbles Remontrances sur lesdites Evocations & sur les inconvéniens qu'elles entraînent après elles ; & plusieurs de Messieurs ayant en opinant proposé de faire aussi audit Seigneur Roy de très-humbles Remontrances au sujet des défences faites à la Compagnie, (lors de la Déclaration du trente Mars dernier) de déliberer & opiner, la matiere mise en délibération, a été arrêté qu'il sera fait au Roy de très-humbles Rémontrances à ce sujet, & que ledit Seigneur Roy sera très-humblement supplié de laisser à son Parlement la liberté de déliberer, & à ses Officiers celles d'opiner, pour qu'ils puissent en toutes occasions lui faire de très-humbles Représentations sur ce qu'ils croiront en leurs consciences être du bien de son service & de l'avantage de ses sujets.

Ensuite un de Messieurs a dit qu'il lui étoit tombé entre les mains un Supplement au Breviaire Romain, imprimé depuis peu à Lyon avec la permission de l'Ordinaire, dans lequel est inseré l'Office de Gregoire V I I. & la Légende qui s'y lit, nonobstant les défences portées par l'Arrêt de la Cour du 20. Juillet 1729. portant suppression de la feüille contenant cet Office, & défenses de l'inférer dans aucun Breviaire, & de faire usage du contenu en ladite feüille, en quelque sorte & manière que ce puisse être : qu'il avoit aussi deux Imprimés, l'un ayant pour titre : *Lettre écrite au Roy par l'Assemblée générale du Clergé de France, tenue à Paris au Convent des grands Augustins en l'année 1730.* & l'autre *Harangue faite au Roy à Versailles le dix-sept Septembre 1730. par M. l'Evêque de Nîmes pour la Clôture de l'Assemblée générale du Clergé de France, tenüe à Paris au Grand Convent des Augustins,* lesquels deux Imprimés contenoient des choses qui pouvoient mériter l'attention de la Cour : Sur quoi la matière mise en délibération, a été arrêté que les Gens du Roy seroient mandés, & que ledit Supplément au Breviaire Romain leur seroient remis, à l'effet de faire par eux ce qui est de leur ministère, au sujet de la présente contravention à l'Arrêt de la Cour, & qu'il sera fait au Roy de très-humbles représentations sur ce que les deux écrits ci-dessus peuvent contenir de contraire à son autorité, & au bien de son service; & que ledit Seigneur Roy sera très-humblement supplié d'interposer son autorité, pour que ladite Harangue ne soit point inserée dans le procès verbal de l'Assemblée du Clergé sans qu'il y soit joint une retractation de ce qui y est contenu, qui paroît renfermer des principes contraires à sa Souveraineté.

Et à l'instant les Gens de Roy mandés, Monsieur le Premier Président leur ayant fait entendre l'Arrêté de la Compagnie en ce qui les concerne, & ledit Supplément au Breviaire Romain leur aïant été remis entre les mains, ils ont dit qu'ils recevroient toûjours avec respect les ordres de la Cour, & qu'ils ne manqueroient pas de faire avec zèle ce que leur ministère exigeoit d'eux en cette occasion, & se sont retirés. V E U, *Signé* PORTAIL.

Très-

TRÈS-HUMBLES ET TRÈS-RESPECTUEUSES

REMONTRANCES

QUE préſentent au ROY, Notre Très-Honoré & Souverain Seigneur, les Gens tenans ſa Cour de Parlement.

SIRE,

Votre Parlement ſe trouve dans la neceſſité indiſpenſable de re-courir à l'autorité Souveraine de VOTRE MAJESTÉ par la voie de très-humbles & très-reſpectueuſes Remontrances ſur des objets qui lui ont paru intereſſer encore plus le bien de votre ſervice & le bonheur de vos Peuples, que les droits de ſa Juriſdiction & de ſa Dignité.

Deſtiné par les Rois vos prédeceſſeurs pour les repréſenter immé-diatement dans l'adminiſtration de la Juſtice pour maintenir avec un courage & une fidelité à toute épreuve les droits inviolables de leur Couronne, pour aſſûrer dans le cours libre & tranquille de ſes fonctions le repos des familles & la felicité de vos Sujets, il n'a pû ſe voir troublé dans l'exercice de ſes droits les plus légitimes par des Evocations preſque continuelles, ſans repréſenter à V. M. quelles atteintes des plaies ſi ſouvent renouvellées portoient au bien de la Juſtice, à l'ordre publique, & aux véritables interêts de vos Peuples,

Ce n'eſt pas d'aujourd'hui que votre Parlement a été obligé de ſe plaindre des Evocations, mais à peine les premiers exemples s'en étoient-ils préſentés, que nos Rois en ayant auſſi-tôt reconnus les dangers & les abus, ſe ſont crûs intereſſez à en arrêter le cours par des Loix également ſages & ſolemnelles.

L'Edit de François Premier en 1529. Un autre Edit du même

Roy donné à Chantelon en 1545. L'Article LXX. de l'Ordonnance de Moulins, défendant d'obtempérer à toutes Lettres ou Mandemens portans évocations ou commissions extraordinaires, enjoignent de faire punition, tant des parties impétrantes, que de ceux qui les exécutent : veulent que les Evocations ne puissent être accordées qu'en connoissance de cause, après avoir appellées & entenduës les Parties interessées ; qu'elles n'aïent lieu qu'aux fins *seulement de renvoïer les causes au plus prochain Parlement, & non de les retenir au Conseil :* déclarent *toutes Evocations accordées au contraire dès à présent nulles, & de nul effet,* & veulent que *sans y avoir égard, il soit passé outre à l'instruction & Jugement des procès.*

L'Ordonnance de Moulins renouvelle l'exception des Evocations accordées du propre mouvement ou commandement du Roy, & signées d'un Secretaire d'Etat ; mais en ce cas même l'Ordonnance autorise les Parlemens à faire au Roy telles Remontrances qu'il appartiendra.

Par l'Ordonnance de Blois, le Roy Henri III. porta encore plus loin son zele pour l'ordre publique des Jurisdictions, pour la promte expédition de la Justice, & pour le soulagement de ses peuples.

Informé que l'usage s'étoit insensiblement introduit de donner à la plûpart des Evocations, le titre d'Evocations accordées du propre mouvement du Roy pour leur imprimer un caractere plus favorable, que non seulement les Parlemens pour la conservation de leur Jurisdiction, mais les Peuples mêmes se plaignent de cette voïe indirecte, pour éluder l'esprit des anciennes Ordonnances.

Sur les prieres & instances des Etats assemblés en la Ville de Blois, le Roi voulut bien s'expliquer encore plus précisément pour l'avenir par l'Art. 97. conçu en ces termes : *Nous avons declarés & declarons que nous n'entendons d'orénavant bailler aucunes Lettres d'Evocations, soit générales ou particulieres de notre propre mouvement.* Le Roy rappelle au surplus les dispositions des Ordonnances & Edits précedens.

L'Article 98. de cette même Ordonnance révoque toutes les Commissions extraordinaires qui auroient été auparavant décernées, & ordonner que la poursuite de chacune matiere sera faite à l'avenir *pardevant les Juges ausquels la connoissance en appartient.*

Ces Ordonnances si sages, si conformes à l'ordre public du Roïaume, ont encore été renouvellées dans les années 1648, 1657, & 1658, par le feu Roy votre Bisayeul, dont la mémoire & les exemples vous ont toûjours été si chers.

Le 11 Janvier 1657, après avoir fait examiner en son Conseil, les Mémoires présentés par son Parlement sur les plaintes contre des Arrêts du Conseil que le Parlement prétendoit avoir été rendûs au préjudice des Ordonnances sur le sujet des Evocations & autres matieres dont la connoissance lui appartenoit, le feu Roy ordonne que les Ordonnances *seront exactement gardées*. Fait défences d'y contrevenir *à peine de nullité des Jugemens & Arrêts rendus au contraire* : renvoie à son Parlement plusieurs procès qui avoient été évoquez, & qui sont tous énoncés dans l'Arrêt. Et en 1658, cette décision solemnelle de 1657, fût enregistrée en votre Parlement sur le requisitoire du ministere publique, pour en assûrer la pleine & entiere exécution.

Nos Rois ont regardés dans tous les tems leur Parlement comme le dépositaire perpetuel & immédiat de leur Justice Souveraine. Ils ont reconnus que la manutention des Ordonnances qui réglent l'Ordre publique des Jurisdictions, est le lien le plus sûr, le plus ferme appui de la fidelité, & de l'obeïssance des Peuples envers les Rois : que si elle fait le bonheur des sujets, elle concilie & assûre en même tems au Souverain l'amour & le cœur de tous ceux qu'il gouverne.

C'est par votre Parlement que vos loix sont connuës & transmises à vos Peuples : sa fidélité, sa vigilance à en maintenir l'exécution, les accoûtume aisément à les respecter, & ils se croïent heureux tant que la décision de leur fortune demeure entre ses mains.

C'est dans cet esprit que votre Parlement à été fixé perpetuel & sédentaire, pour administrer continuellement & en lieu certain la Justice au soulagement & à la plus grande commodité de vos Sujets; c'est-là qu'en tout tems & en toute occasion ils trouvent sans se déplacer des Magistrats, des Conseils, des Ministres inférieurs de la Justice, toûjours prêts à les secourir, aussi-tôt qu'ils ont besoin d'eux, & qui en font leur unique étude.

Occupée de soins plus importans, d'objets encore plus étendus pour le gouvernement de l'Etat, V. M. ne peut pas y vaquer par elle-même : Votre Conseil ambulant par son institution, & nécessairement attaché à votre suite, en les tirant à grands frais du lieu de leur établissement, ne peut pas leur offrir des secours aussi prom s & aussi utiles.

L'expérience n'a que trop appris que les Evocations étoient souvent la derniere ressource des Plaideurs opiniâtres & artificieux, qui n'ont plus d'autre espérance, que celle de traverser, & d'éloigner par de mauvais incidens les condamnations qu'ils sentent ne pouvoir plus éviter ; * & vos Sujets se sont toûjours crûs *vexez, travaillés & molestés*, suivant le langage des Ordonnances, lorsque par la voïe des Evocations on leur a ôté leurs Juges naturels, déja instruits de leurs affaires, pour leur en donner d'autres qu'ils ne connoissent pas, qu'ils croient moins versés dans les matiéres de Jurisdiction ordinaire & contentieuses, & auprès desquels ils ne trouvent plus les mêmes accès, ni les mêmes facilitez.

Telles sont, S I R E, les Loix solemnelles qui réprouvent les Evocations ; tels sont les puissans motifs d'interêt public qui en ont été, pour ainsi dire, l'âme & le principe.

Tout autant de fois qu'on a voulu y donner atteinte, nos Rois, n'ont point improuvé le zéle des Officiers de leur Parlement qui en reclamoient l'exécution, & de toutes les voïes qu'il a emploïées selon les differens tems, aucune ne leur a paru plus décente & plus respectueuse que celle des Remontrances adressées au Souverain.

Combien d'exemples, combien de monumens publics conservez dans nos Regiftres, combien de réponses, ou de Lettres de nos Rois, qui ont bien voulu témoigner à leur Parlement le gré qu'ils lui sçavoient de faire observer les Ordonnances dont l'éxécution lui étoit confiée, & d'arrêter le cours des Evocations, qui tendent à troubler l'ordre de la Justice, & étoient toûjours à charge à leurs Peuples.

Aujourd'hui, S I R E, ne semble-t'il pas que des Loix si utiles, si uniformes, si respectables, n'aïent plus de force, & qu'il ne soit plus permis à Votre Parlement de le dissimuler à V. M.

L'autorité qui lui a été confiée pour le bien de votre service, & pour le soulagement de vos Peuples, est, pour ainsi dire, attaquée de toutes parts ; les voyes d'Evocations, d'attributions, & de Commissions extraordinaires, pour le depoüiller de la Jurisdiction la plus légitime, se multiplient tous les jours ; & à peine commence-t'il à remplir les premieres fonctions de Justice dont il se reconnoît redevable envers vos Sujets, qu'il a souvent le dégoût de

---

* Edit de la Bourdaisiere en 1529. Comme depuis aucun tems en ça nous avons été avertis & informés que plusieurs Evocations, & jusqu'à nombre effrenées, ont été cy-devant dépechées, ce qui est gros titre, vexation, frais & mises intolérables, aux Parties litigantes, & grand retardement de Justice, afin d'ôter & abolir à notre pouvoir toutes les cauteleuses voyes & moyens de ceux qui poursuivent telles Evocations au retardement de Justice, préjudice & dommage de nos Sujets.

voir

voir paroître aussi-tôt des évocations également contraires aux dispositions des Ordonnances, & au véritable interêt des justiciables.

Le nombre de Bureaux & de Commissions établies pour Juges au Conseil, un grand nombre d'affaires évoquées de tous les Parlemens & de toutes les parties du Royaume, les attributions nouvelles à d'autres Tribunaux suffisent seuls pour en former la preuve ; & de toutes les Chambres differentes qui composent votre Parlement, il n'en est plus aucune qui ne se soit vûe successivement dépouillée de plusieurs affaires dont la connoissance lui appartenoit.

Nous n'avons garde, SIRE de vous fatiguer par un long & ennuieux détail de toutes les Evocations générales ou particulieres accordées sur la simple Requête des parties, ou ordonnées du propre mouvement, qui subsistent encore aujourd'hui. Nous demanderons seulement à Votre Majesté la permission de lui remettre entre les mains un état de celles que nos recherches ont pû découvrir, si elle veut bien s'en faire rendre compte : nous esperons qu'elle connoîtra bien-tôt elle-même qu'il a été des tems encore peu éloignés, où elles étoient, pour ainsi dire, devenuës de stile, où il suffisoit de les demander pour les obtenir ; & Votre Majesté sera également convaincuë, & de leur multitude, & de la necessité d'y pourvoir pour le bien de son service.

Il y a plus, SIRE : sur de simples exposés de Requêtes non communiquées aux parties interressées, on évoque des instances liées & indécises au Parlement depuis un grand nombre d'années : l'Evocation paroît aussi-tôt qu'il se met en état de rendre la Justice, qu'il ne lui est jamais permis de refuser à tous ceux de vos Sujets qui la réclâment, & on les prive malgré eux de la consolation de l'obtenir de leurs Juges naturels en qui ils avoient mis toute leur confiance.

La Faculté de Theologie, que sa splendeur, son integrité, son attachement à la doctrine de nos Peres avoient rendüe si florissante & si célebre, cette Faculté qui fait partie de l'Université, & qui comme telle, est necessairement dépendante par son état, & par son institution de la Jurisdiction du Parlement, à qui elle est toûjours redevable du précieux dépôt des maximes du Royaume, & dont il l'a tant de fois rendüe responsable, s'efforce comme les autres de s'en affranchir par la voie commune des Evocations.

Dans les matieres même de Droit public, qui font la portion la plus essentielle de la Jurisdiction, que toutes les Ordonnances ont attribué à votre Parlement, souvent au défaut de moiens solides pour évoquer, les parties ne craignent plus de tenter toutes sortes

de voyes pour attaquer de front ſes Jugemens, auſſi-tôt qu'ils ſont
rendus, & on ne s'efforce de donner atteinte aux Arreſts de Votre
Parlement, qui ſe ſoutenoient autrefois par leur propre poids,
que dans l'eſperance de faciliter, & d'obtenir en même tems l'E-
vocation.

Nous ſeroit-il permis, Sire, de parler à cet égard le langage
de ces mêmes Ordonnances, que nos voix ont autoriſées : l'Edit de
Chantelou porte que les Arreſts rendus par nos Cours, ne peuvent
être *impugnés par griefs ou autres moyens, comme ſi c'étoit une voïe
d'appel ; ce qui rendroit les Arrêts illuſoires & ſans effet, conſumeroit
en frais ceux qui les auroient obtenus, & deviendroit vexation & charge inſupportable aux Sujets du Roy* : c'eſt dans cet eſprit que les Ordonnances qui admettent en certains cas ces voyes extraordinaires,
ne les admettent qu'au défaut des voyes ouvertes dans le cours des
Tribunaux, & les reſtraignent en même tems aux ſeuls moyens ti-
rés de la forme, lorſqu'ils préſentent une contravention expreſſe
& litterale aux Ordonnances du Royaume.

Votre Parlement a eu néanmoins la douleur de voir, que ſur
le ſimple expoſé des Requeſtes préſentées au nom de Parties nouvelles, qui n'avoient point été compriſes dans l'Inſtance principale,
& dans un tems où les voyes ordinaires de l'oppoſition étoient encore ouvertes, des Arreſts rendus ſur le vû des charges & informa-
tions, ſeules capables de conſtater le corps du délit, ſuivant l'Ordonnance, & qui ne prononçoient que de ſimples défenſes pro-
viſoires d'exécuter des decrets d'ajournement perſonnels, juſqu'à
ce que l'appel comme d'abus de la procédure criminelle eût été
jugé, ont été auſſi-tôt attaquées par des déciſions contraires ; &
que ſur ce prétexte on a évoqué en même-tems le fond des con-
teſtations dont le Parlement étoit ſaiſi par la voye de l'appel
comme d'abus, pour les renvoyer devant des Commiſſaires.

Que d'inconvéniens ces Evocations ainſi multipliées, & ces
Commiſſions extraordinaires n'entraînent-elles pas après elles !

Si les Juges d'Egliſe excedent les bornes légitimes de leur pouvoir, ſi leurs procedures ſont attaquées par la voie de l'appel comme d'abus, ils ont auſſi-tôt recours aux Evocations, qui ne leur
ſont preſque point refuſées : c'eſt ainſi que l'appel comme d'abus,
cette voye ſi ancienne, ſi autoriſée par les Ordonnances, ce rem-
part ſi important, ſi neceſſaire pour arrêter les entrepriſes de la
Juriſdiction Eccleſiaſtique, pour maintenir les Loix du Royaume,
& juſqu'ici confiée à Votre Parlement, devient entre ſes mains

un secours inutile & impuissant pour vos peuples.

Au milieu de tous les excès, où la division & la chaleur des esprits peut les conduire des deux côtés dans les conjonctures présentes, la tranquillité de l'Etat n'exige-t-elle pas que Votre Parlement conserve toûjours le pouvoir qui lui appartient de les réprimer aussi-tôt qu'ils se présentent.

Indépendamment des murmures qui s'élevent de toutes parts sur des faits interressans pour le repos de vos peuples, mais dont la verité ne peut plus être approfondie par des preuves Juridiques, tant qu'elles demeurent suspenduës; ceux même qui pourroient être le plus en droit de se plaindre, ont à peine le courage de se faire entendre, arrêtés par la crainte des Evocations fréquentes qui les menacent; les uns ne veulent pas tenter de vains efforts pour solliciter inutilement des Tribunaux qui n'auroient plus le pouvoir de les secourir, les autres ne peuvent se résoudre à suivre la voye de l'Evocation, qui les privent de leurs Juges naturels; & dans cet état d'incertitude, dans cette interruption du cours de la Justice ordinaire, qu'il est à craindre que ceux qui se laissent emporter à l'excès d'un zele indiscret, & qui se persuadent que Votre Parlement a les mains liées, ne se croyent tout permis.

C'est pour en prévenir les suites, que sous vos yeux & sous votre autorité, votre Parlement à marqué une si juste impatience de faire éclater son zele, tantôt contre la licence de ces principes Ultramontains toûjours proscrits en France, mais qui auroient pû enfin prendre crédit, & trouver faveur parmi quelques uns de vos Sujets, tantôt contre cette multitude de Theses erronées, ou remplies d'artifices, ou d'équivoques sur des matieres qui n'en peuvent jamais admettre, ou enfin contre ces maximes pernicieuses qui tendoient à ébranler les fondemens les plus solides de la Monarchie sur l'indépendance & la Souveraineté de votre Couronne, & qui avoient néanmoins pénetré jusques dans vos Etats.

Nous sçavons, SIRE, qu'après avoir approuvée la justice & la nécessité de ces censures, Votre Majesté réprouveroit également des excès si contraires à la sagesse de ses vûës, & aux regles qu'il lui a plû de prescrire, si l'ordre des Jurisdictions étant rétabli, la preuve en étoit constatée par des voyes juridiques.

Mais le renvoi de tant d'affaires évoquées de votre Parlement, pourroit seul le mettre en état de donner à Votre Majesté de nouvelles preuves de sa fidélité & de son zele pour votre service, il

pourroit feul conduire par des voyes naturelles à cette paix fi dé-
firée de vos Peuples, & néceffaire pour la tranquillité de l'Etat,
& fi conforme aux véritables intentions de Votre Majefté.

C'eft dans cet efprit que nous efpérons que Votre Majefté vou-
dra bien conferver à fon Parlement le libre ufage d'une Jurifdiction,
auffi ancienne que fon inftitution même, dont l'exercice continuel
eft un bien acquis à tous vos Sujets, & dont l'intervention leur a
toûjours été onereufe.

C'eft la difpofition des Ordonnances les plus folemnelles que nous
reclamons, c'eft l'interêt de vos Peuples, c'eft le bien de votre fervice que nous vous demandons.

Un autre objet, SIRE, ne meriteroit pas moins de réflexions,
mais le filence qu'il vous a plû de nous prefcrire l'année derniete
depuis la Déclaration du 24. Mars 1730, nous arrête.

Nous avons refpecté, & nous refpecterons toûjours les ordres
de Votre Majefté, quelque triftes qu'ils foient pour nous, nous
fçavons nous y foumettre.

Nous nous bornons donc, SIRE, à Supplier très-humblement
Votre Majefté de rendre à fon Parlement la liberté de déliberer,
& de porter aux pieds de fon Trône les inconvéniens qui pourroient naître, fi Votre Majefté refufoit la liberté de lui repréfenter
dans des occafions auffi importantes tout ce qu'il croit être du bien
de fon fervice & de l'avantage de fes Sujets.

Touts ces objets, SIRE, nous ont parû également dignes de
l'attention de Votre Majefté: Nous ofons vous les préfenter, & vous
fupplier de les prendre en bonne part comme une marque de notre
refpect, de notre zele, & de notre fidélité à votre fervice : ce font
là, SIRE, les très-humbles & très Refpectueufes Remontrances
qu'ont crû devoir préfenter à Votre Majefté

Vos très-humbles, très obeïffans, très-fideles, & très-affectionnés Sujets & ferviteurs

Les Gens tenant votre Cour de Parlement.

Fait en Parlement le 9. Fevrier 1731.

REPONSE

RÉPONSE

Faite par Monsieur le Chancelier au nom du Roy
aux Remontrances Précedentes.

LE Roy aïant fait examiner dans son Conseil les Remontrances
& les Supplications que vous avez eû l'honneur de lui présenter, Sa Majesté m'ordonne de vous dire que les Parlemens n'étant
établis que pour rendre en son nom & à sa décharge la Justice
qu'elle doit à ses Sujets, son intention est de leur conserver toute
l'autorité qu'elle leur a confiée pour l'exercer, suivant la disposition de ses Ordonnances. Si c'est par eux que les Peuples reçoivent
la connoissance de celle que Sa Majesté juge à propos d'adresser
à ces Tribunaux, c'est aussi par eux & à leur exemple qu'ils doivent apprendre le respect & la soumission qu'elles méritent, atten-
tifs à observer eux-mêmes la Loi pour la faire observer aux autres, & exempts de toute prévention dans les affaires qui interres-
sent l'ordre public, encore plus il est possible que dans les causes particuliéres ils doivent respecter les bornes que Dieu même
a posé entre deux Puissances, dont les droits sont differens sans
être contraires ; & rapportant la voix de l'appel comme d'abus à
son véritable objet, ne la faire jamais servir qu'à conserver & affer-
mir la concorde salutaire du Sacerdoce & de l'Empire.
C'est en suivant toujours des régles si sûres, qu'au lieu de se
plaindre des Evocations, Votre Compagnie aura la satisfaction beau-
coup plus honorable pour elle de les prévenir ; elle épargnera en
même tems au Roy le déplaisir d'être obligé dans certaines occasions de la rappeller à des principes dont elle ne doit jamais
s'écarter, & de montrer par des exemples rares, mais quelquefois
necessaires, comme l'autorité du Roy est au-dessus de celle des
Jugemens. Ce que vous venez demander au Roy, est donc entre
vos mains : *Sa Majesté attentive elle-même à ne pas multiplier les*

D

Evocations sans necessité , ne s'éloigne jamais qu'à regret des régles générales : & vous ne sçauriez rien faire qui lui soit plus agréable , que d'éviter avec soin tout ce qui peut être une juste cause d'exception : elle trouve bon même , que s'il y a eû d'autres évocations accordées dans d'autres tems avec moins d'attention , M. le P. Pr. ait l'honneur de lui en remettre un état , afin qu'après en avoir fait examiner les motifs en son Conseil , elle puisse prendre le parti qui soit le plus convenable au bien de la Justice.

A l'égard des très-humbles supplications que le Parlement a faites à Sa Majesté par rapport à un autre objet , elle veut bien ne faire attention qu'aux assûrances de respect & de soumission dont elles sont accompagnées , & toutes sortes de délibérations sur des défenses que vous avez entenduës de la bouche du Roy , & qui ont été déposées dans vos Regiftres , ne peuvent être que nulles en elles-mêmes. Sa Majesté m'ordonne de vous déclarer qu'elle persiste toûjours dans une résolution aussi juste qu'irrévocable : elle défend donc très-expressément à votre Compagnie , non seulement toute représentation ; mais toute autre appel de délibération sur des défenses faites à l'occasion d'une Loi , qui n'a pour objet que de former par les voix les plus sages & les plus moderées , la tranquillité de l'Eglise & de l'Etat.

Sa Majesté charge M. le P. Pr. de faire au Parlement assemblé , le récit de ce que je viens de vous expliquer de sa volonté , sans qu'il puisse être fait en conséquence aucune déliberation , de quelque nature que ce soit : sur ce sujet le Roy ordonne aussi à M. le P. Pr. de lui remettre incessamment une copie en forme du Regiftre qui contiendra le récit par lui fait à la Compagnie de ce qui s'est passé en cette occasion.

Pour ce qui regarde les Répréfentations particulieres que M. le P. Pr. à eû l'honneur de faire au Roy , comme il n'appartient qu'à Sa Majesté de prendre les résolutions qu'elle juge convenables sur une lettre , ou sur un discours adressé à sa Personne même , elle m'ordonne de vous dire que le Parlement n'a pû , ni ne peut déliberer en aucune maniere sur ce sujet.

ARRÊTÉ DU PARLEMENT,
au sujet de la Réponse Précedente, du vendredy 19. Janvier.

LA Compagnie à chargé & prié M. le P. Pr. de remettre au Roy, suivant sa volonté, l'état des Commissions, Evocations, & attributions ; & en le lui remettant de faire connoître au Roy les véritables sentimens de la Compagnie, de l'assûrer qu'elle continuera de rendre à ses Sujets la Justice la plus exacte, en se conformant comme elle à toûjours fait, aux Loix & aux Ordonnances ; qu'elle maintiendra toûjours les droits sacrés de sa Couronne & les maximes du Royaume pour procurer la tranquillité de l'Eglise & de l'Etat ; qu'elle lui donnera les mêmes marques de son zele, de sa soumission & de sa fidélité ; & que les défenses reïterées de Sa Majesté, qui le pénétrent de la plus vive douleur, sont seules capables de lui faire garder le silence sur des matieres qui intéressent le bien de l'Etat & de son service : ce qu'elle aura l'avantage de lui représenter, quand sa bonté le lui permettra.

[illegible]
[illegible]
[illegible]

[illegible] [illegible] [illegible] [illegible] [illegible]
[illegible] Commissions [illegible]
[illegible]
[illegible]
[illegible]
[illegible]
[illegible]
[illegible]
[illegible]
[illegible]
[illegible]
[illegible]
[illegible]

LETTRE

DU PARLEMENT DE BORDEAUX
AU ROY,

En forme de Remontrances, au sujet des Mandemens
de MM. les Evêques d'Agen & de Limoges.

S I R E ,

Nous avons vû avec douleur l'esprit de dispute, au sujet de la
Constitution *Unigenitus*, agiter l'Eglise de France, & porter
jusques dans la Ville Capitale la division & le trouble ; mais nous
avions en même-tems la consolation, de voir les Provinces de
nôtre ressort tranquilles & exemptes d'une contagion dangereuse.
Nôtre situation, SIRE, a bien changé ; nous éprouvons ce que
nous ne devions pas craindre. Le calme heureux dont jouissoient
ces Provinces est troublé par des Evêques qui sont obligés par
le devoir de leur ministere de maintenir la Paix & la Charité
parmi les Fideles : le Gouvernement de l'Eglise demande d'autres
talents que ceux de prier & de prêcher ; le zele passionné des
Pasteurs peut aisément conduire le troupeau à l'égarement.

M. l'Evêque d'Agen, dans son Instruction Pastorale, prescrit
aux Confesseurs de son Diocese la conduite qu'ils doivent tenir
dans le Tribunal de la Pénitence. Il rappelle, par une affectation
marquée les pechés les plus graves contre la Loi de Dieu ; & dans
ce nombre il place le défaut de soumission aux Constitutions des
Papes en general, & notament à la Constitution *Unigenitus*. Il
dit que celui qui n'a pas une soumission sincere à cette Consti-

E

tution peche mortellement ; quelque beau prétexte qu'il puisse
avoir , l'abfolution lui doit être refufée.

M. l'Evêque de Limoges , dans fon Mandement du 2 Décem-
bre 1730. fait une profeffion publique de fa Foy. Il déclare qu'il
accepte purement & fimplement la Conftitution *Vnigenitus* ,
comme étant un jugement dogmatique de l'Eglife Univerfelle.
Il ordonne à tous les Fideles de fon Diocefe de fuivre fon exemple.

Dans la Thefe foûtenuë chez les PP. Minimes au mois de
Mars 1731. dediée à Mgr. l'Archevêque de Bordeaux , eft une
des Pofitions enfeignées , que celui qui n'eft pas foumis à la
Conftitution *Vnigenitus* n'eft plus du nombre des Catholiques ,
& qu'il eft par conféquent Hérétiqüe.

Après des fentimens fi manifeftes de ces Prelats , il n'eft plus
befoin de douter qu'ils ne regardent la Conftitution comme une
Regle de notre foy.

M. l'Evêque d'Agen porte plus loin fon zele ; il fait marcher
d'un pas égal dans l'ordre de la Religion la Conftitution *Vnigenitus*
avec les Commandemens de Dieu. Il aggrave la peine des in-
dociles. Le Concile d'Embrun n'a fait qu'interdire M. l'Evêque
de Senez dans les fonctions Epifcopales , & ne l'a pas privé de
la communion laïque. M. l'Evêque d'Agen damne de fon autorité ceux qui ne croïent pas comme lui , les déclare indignes de
l'abfolution , & les profcrit comme Hérétiques.

Si ces Evêques ne nous faifoient envifager la Conftitution
que comme une Loy de l'Eglife & de l'Etat , une Regle de difci-
pline , de Police , d'œconomie & de précaution contre les er-
reurs de Janfenius , dans la vuë d'arrêter les mal-intentionnés ,
& de prevenir l'abus qu'ils pourroient faire des Propofitions
captieufes de Quefnel , dans l'objet de faire revivre par des
moyens obliques & artificieux , une héréfie déja condamnée ;
nous ferions tous d'accord & nous garderions le filence avec
une foûmiffion entiere au S. Siége & au Corps Paftoral des
Evêques. Mais lorfqu'ils paffent ces bornes , qu'ils veulent
oublier modifications portées par les Arrêts d'enregiftremens ,
qu'ils levent l'étendart de l'indépendance contre les termes &
l'efprit des Déclarations , en un mot qu'ils veulent faire regar-
der la Conftitution comme un jugement dogmatique & une
Regle de foy , notre miniftere fe réveille , le Parlement ne peut
plus garder le filence dans une conjoncture auffi importante ,

qui intereſſe l'autorité Royale & le repos de nos conſciences.

Les Evêques peuvent relever autant qu'ils voudront la pré-eminence de leur Ordre, ſe glorifier qu'ils ſont Juges de la Doc-trine & de la Foy, qu'ils ont une puiſſance & une juriſdiction ſpirituelle qu'ils ne tiennent que de Dieu ſeul, indépendante de toute puiſſance temporelle, & que M. l'Evêque d'Agen dans ſon Inſtruction Paſtorale pour les Confeſſeurs, n'a fait qu'uſer de cette puiſſance; on convient de tous ces principes, mais ils ne doivent pas croire que lorſque dans l'exercice de cette juriſ-diction ſpirituelle, un Evêque dans des Mandemens, gliſſe des propoſitions hardies & téméraires, tendantes à troubler la tran-quilité publique, leur juriſdiction, toute indépendante qu'elle puiſſe être, ſoit, pour ainſi dire, une ſauve-garde à toutes leurs entrepriſes. Ils ne doivent jamais oublier qu'ils ſont ſujets de V. Majeſté, & qu'en cette qualité ils ne doivent rien hazarder qui ſoit contraire aux Loix du Royaume, & lorſqu'ils veulent ſe ſouſ-traire à des maximes auſſi certaines, ils ſont répréhenſibles & ſu-jets à la cenſure.

Nous pouvions, Sire, ſupprimer par des Arrêts des Mande-mens auſſi téméraires. Le Parlement de Paris a appris à M. l'Ar-chevêque d'Embrun & à M. l'Evêque de Laon, qu'ils ne devoient pas abuſer du pouvoir Apoſtolique. On peut dire que le droit & les exemples ne nous manquoient pas; nous pouvions donner à MM. les Evêques d'Agen & de Limoges les mêmes leçons; mais dans les circonſtances préſentes, l'éclat qui eſt inſéparable des Arrêts nous a retenu : nous avons préféré le parti de nous plain-dre à celui de fraper: nous voyons que depuis quelque tems V. Majeſté veut oublier les intérêts de l'autorité Royale pour agir en pere & en pacificateur des troubles de l'Egliſe; les Evêques ont l'avantage de reconnoître un Médiateur dans la perſonne de leur Maître; conduits par un ſi grand exemple, il nous ſuffit de porter nos plaintes à V. Majeſté, c'eſt-à-dire celles de pluſieurs Provinces; notre attachement inviolable pour Votre Perſonne ſacrée, l'honneur de Votre Couronne, indépendante de tou-tes les Puiſſances de la Terre, la tranquillité de Vos Peuples, le maintien de la Religion, ſont les puiſſans motifs qui nous obligent à découvrir le mal que nous connoiſſons & celui que nous pouvons craindre. Il n'eſt plus permis de douter que l'objet principal du plus grand nombre des Evêques de France, eſt de faire recevoir la Conſtitution comme une Regle de foy. La démarche de Messieurs les Evêques d'Agen & de Limoges, découvrent les intentions de leurs Confreres.

Si la Constitution étoit une fois reçuë par les Peuples comme une regle de Foy, dequoi deviendroient les modifications portées par les Arrêts d'enregistrement ? car un article de Foy ne reçoit ni modification ni explication. Il soumet le fidel & le cloüe pour ainsi dire à la regle que l'Eglise lui prescrit. Il pourroit arriver dans l'avenir que l'on reverra dans la chaire de S. Pierre un second Boniface VIII, qui étant plus encouragé que le premier, trouveroit à la faveur de la Constitution encore plus de disposition dans les Peuples pour les soumettre à des excommunications injustes.

On sçait que les Peuples ne se conduisent que par les préjugés de l'enfance, & par l'inspiration des Confesseurs ; & le Prince qui seroit excommunié par une audace sans égale, ne pourroit rien attendre de la fidelité de ses Sujets qui se croiroient liés par les principes d'une Foy mal entenduë.

A ces réflexions terribles on peut en ajoûter une autre très-importante. Les Evêques de France unis aux Moines & aux Religieux, qui ont fait connoître dans ces derniers tems l'étenduë de leur crédit à la Cour de Rome, feroient tous ensemble un corps redoutable, qui seroit sans cesse en état de mettre des obstacles au pouvoir des Rois & à toute autorité legitime.

C'est avec bien de la douleur, Sire, que nous sommes obligés de tirer des conséquences aussi funestes, des principes que l'on veut établir, & de présenter à Votre Majesté les images de tous les malheurs qui peuvent arriver. L'Amour pour notre Roy, & notre attachement pour la splendeur de la Monarchie, nous forcent à témoigner à Votre Majesté nos justes allarmes ; elles sont d'autant plus fondées, que nous avons vû en 1710. l'esprit d'usurpation sur le temporel des Rois, bien marquée par le renouvellement de la Legende de Gregoire VII. & nous avons la mortification de n'avoir vû jusqu'à présent qu'un très-petit nombre d'Evêques s'élever contre cette Legende ; les Parlemens qui l'ont proscrite avec execration ne souffriront jamais que par aucune voie détournée, on puisse donner atteinte à l'autorité de nos Rois, puisque c'est à cette autorité seule que la nation Françoise doit sa gloire, son repos, & sa sureté.

Tous les efforts des Evêques de France pour faire recevoir purement & simplement la Constitution comme regle de Foy

feront

feront inutiles ; & la Conftitution par elle-même n'a pas ce
caractere : & fans vouloir difputer un point de doctrine que
nous convenons appartenir aux feuls Evêques, nous employons
pour toute réponfe la définition de la regle de Foy ; & il nous
fuffit de dire qu'une regle de Foy doit être une décifion claire
& précife de ce que l'on doit croire , & de ce que l'on doit
condamner.

Si Meffieurs les Evêques d'Agen & de Limoges avoient bien
réflechi fur les termes de la Declaration de 1730. ils auroient
reconnu que Votre Majefté avoit prévenu nos difficultés , &
tous les inconveniens de la Doctrine qu'ils foutiennent. La
Declaration fixe notre foumiffion. Elle veut que nous regar-
dions la Conftitution comme une Loy de l'Eglife & de l'Etat ,
relativement aux modifications portées par les Arrêts d'enre-
giftrement. Elle ordonne la fignature du Formulaire par ceux
qui voudroient obtenir des Benefices, ou être promus aux Ordres
facrées. Elle défend aux Evêques d'exiger aucune nouvelle
Formule de foufcription pour l'acceptation de la Conftitution.

Voilà une Loy bien claire pour tous les Sujets de Votre
Majefté, & après des défenfes auffi précifes. Monfieur l'Evêque d'Agen, qui fçait qu'il ne peut exiger de fignature pour
l'acceptation de la Conftitution, veut par une Inftruction Pafto-
rale, prefcrire une nouvelle profeffion de Foy. Il déclare que
celui qui n'eft pas foumis à la Conftitution pêche mortellement,
qu'il eft indigne de l'abfolution, & défend à tous Confeffeurs
de la lui donner. Eft-ce là ce renfermer dans les termes de la
Declaration ? c'eft au contraire les méprifer , & porter le fignal
de la féparation entre les Freres unis dans la même Foy , &
par les mêmes Sacremens. Monfieur l'Evêque d'Agen veut
renouveller nos frayeurs que les modifications avoient calmé.
A t-il oublié que fon Diocèfe eft rempli de Nouveaux Conver-
tis , & que bien loin de les ramener dans le fein de l'Eglife, il
les en éloigne , & prête des armes à leur féparation. Il devroit
prévoir que la nouvelle Loy qu'il impofe interdit la pénitence
à un grand nombre de Fideles, ou les expofe à des facrileges.

Vous connoiffés, Sire, mieux que nous ce qui fait le Sujet
de nos plaintes. Le cris des Peuples eft parvenu jufqu'à nous,
les efprits font en mouvement , & l'on a tout à craindre de ces
agitations. Le mal preffe & le remede doit-être prompt.

Nous efperons que Votre Majefté ne défaprouvera pas que

le Parlement, statué sur les Mandemens de Messieurs les Evêques d'Agen & de Limoges ; & sur ceux qui pourroient paroître à l'avenir, dans lesquels les Evêques donneroient à la Bulle une définition differente de celle qui est portée par la Déclaration de 1730. & se serviroient des termes de purement & simplement dans la forme de l'acceptation, comme contraires aux Declarations & aux Arrêts d'enregistrement. Nous sçavons que dans les circonstances présentes la circonspection est necessaire ; notre conduite passée doit rassurer pour l'avenir, & le Parlement n'aura jamais d'autre motif pour agir que l'interêt de son Maître & celui de l'Etat.

Nous avons l'honneur d'être, &c.